LA PRISE
DU FORT
SAINT-PHILIPPE,
OU
LE TRIOMPHE
DE L'HONNEUR ET DE LA VERTU;
COMÉDIE HÉROIQUE
EN TROIS ACTES,
ET EN VERS LIBRES.
Par CALVET DE ROLLAND.

A AVIGNON,

De l'Imprimerie de FRANÇOIS GUIBERT,
Imprimeur-Libraire, rue de la Bancasse.
Et se vend

Chez ANTOINE DUBIÉ, Libraire, rue des Fourbisseurs,

M. DCC. LXXXII.
Avec Approbation & Permission.

ACTEURS.

LE DUC DE CRILLON, Général, commandant en chef l'Armée combinée.

LE MARQUIS DE CRILLON, Maréchal-de-Camp, } Fils du Duc

LE COMTE DE CRILLON, Colonel du Régiment de Bretagne, & Brigadier, } de Crillon.

DON FÉLIX BUCK, Lieutenant - Général Espagnol.

LE BARON FALKENHAYN, commandant l'Armée Françoise.

LORD MURRAY, commandant le Fort St. Philippe.

SIR MURRAY, fon Neveu.

SIR DRAPER, Lieutenant-Général.

UN COLONEL Anglois.

UN OFFICIER Anglois.

TROIS DAMES Angloifes, en Amazones.

ADELAIDE, Françoife crue Orpheline.

ISABELLE, fa Confidente.

TROUPES Efpagnoles & Françoifes.

SOLDATS.

GARDES.

PEUPLES.

La Scene eft au Camp, à la portée du canon du Fort Saint-Philippe.

A
MONSEIGNEUR
LE DUC DE CRILLON.

*M*ONSEIGNEUR,

L*ES* ſiecles paſſés ont exalté la bravoure de vos
Ancêtres ; le nôtre la retrouve en *Vous*, & la
poſtérité la reconnoîtra chez vos derniers Neveux
dans les temps les plus reculés. Le regne de H*ENRI*
L*E* G*RAND* a ſourni des preuves de cet héroïſme,

A 2

héréditaire dans votre illustre Famille. La conquête de Minorque l'atteste aujourd'hui, quand l'Europe entiere retentit du bruit de vos exploits, & l'avenir ne cessera de l'admirer chez vos Descendants, en qui on ne pourra la méconnoître.

Témoin de la plus vive alégresse répandue dans le cœur de tous vos Concitoyens à la nouvelle du succès de vos armes, & pénétré du zele le plus patriotique, je viens Vous supplier d'accueillir une petite Piece qui a pour titre, La Prise du Fort St. Philippe, ou le Triomphe de l'honneur & de la vertu. Comme je n'ai eu en vue dans cet ouvrage, créé dans l'espace de vingt-deux jours, que de Vous offrir l'hommage de mes soins les plus empressés, s'il vous est agréable, mon objet est rempli: il est susceptible sans doute de mille imperfections. Mais votre indulgence & votre bonté naturelle que je réclame, ont allégé le poids de la tâche que je me suis imposée dans un récit succint d'une partie de vos dignes travaux dont je n'ai tracé qu'une légere esquisse, & dissipé mes craintes émanées du profond respect avec lequel j'ai l'honneur d'être,

MONSEIGNEUR;

Votre très-humble & très-
obéissant Serviteur,

CALVET DE ROLLAND.

LA PRISE
DU FORT St. PHILIPPE,
o u
LE TRIOMPHE
DE L'HONNEUR ET DE LA VERTU,
COMÉDIE HÉROIQUE.

ACTE PREMIER.

SCENE PREMIERE.

*Le Théatre repréfente dans l'optique le Fort St. Philippe
fur des rochers efcarpés. On entend par intervalles le
bruit des coups de canon dans le lointain, pendant les
deux premieres fcenes.*

**LE COMTE DE CRILLON, DON FELIX BUCK,
Lieutenant-Général Efpagnol.**

DON FELIX BUCK.

JEUNE & vaillant Guerrier armé pour ma patrie,
 Cher Crillon, favori de Mars,
Jufqu'à quand des Anglois l'imprudente furie
 Peut nous fixer à ces remparts ?
 L'orgueil de ces fiers Infulaires
 Dans peu doit tomber fous nos coups,

Et nous franchirons les barrieres
Qu'ils ont élevé contre nous.
Déjà leur courage chancele,
Et votre illustre Pere animant nos soldats ;
Chacun d'eux est brûlant de zele,
Intrépide il vole aux combats.
La fermeté du chef rend l'armée invincible ;
De ce Héros quand le bras a frappé,
Tout tombe, & ce roc escarpé
A la valeur n'est plus inaccessible.

LE COMTE DE CRILLON.

Qu'une telle conquête a des attraits pour nous
Par le desir de la victoire,
Seigneur ! mais c'est en augmenter la gloire
De la partager avec vous.
Minorque doit à la Castille
De nouveau se réunir,
Dans ces climats de l'Anglois indocile
Le regne aujourd'hui va finir.
Cette Isle fut aux Baléares,
Prise par le Carthaginois ;
Rome, les Sarrasins, Charlemagne & vos Rois,
En chasserent tous les Barbares.
Sur les Maures vos ennemis,
Jacques premier, sur ces frontieres,
A sa loi les ayant soumis,
De ses Etats les rendit tributaires.
Un héritier du trône, un petit-fils,
Alphonse acheva sa conquête :
L'Autriche y domina ; les Anglois plus hardis,
De Thétis bravant la tempête,
En eurent la propriété.
A la paix, dans Utrecht elle fut accordée ;
Richelieu l'enleva, les François l'ont cédée
Depuis près de vingt ans par un autre traité.
Nous touchons au moment peut-être,
Où pour vous du hazard réparant tons les torts ;
L'Isle & ses Forts, soumis à leur vrai Maître,
Vont succomber sous nos efforts.

DON FELIX BUCK.

Avec ravissement j'en accepte l'augure ;
En soutenant nos communs intérêts,
Du destin vengeons les décrets ;
Apprenons à la race future,
(Sous deux Rois, CHARLES & BOURBON,

Le regne des vertus & de la bienfaisance,)
Ce que peuvent avec la France,
Les Espagnols dirigés par Crillon.

LE COMTE DE CRILLON.

Son nom par-tout chéri sera digne d'envie
Autant par sa bonté que par tous ses hauts faits ;
Et de m'avoir donné la vie
Est le moindre de ses bienfaits.
Il prit le soin d'élever mon enfance,
Il m'inspira ses sentimens ;
Par son exemple une ferme constance
A la vertu guida mes premiers ans.
Trop heureux aujourd'hui si dans l'art de la guerre,
Animé d'un noble courroux,
Je puis suivre les pas de ce généreux Pere,
Comme lui braver l'Angleterre
Et me signaler comme vous !

DON FELIX BUCK.

Cet éloge flatteur, & me touche & m'inspire ;
Envieux de le mériter,
Bravant mille périls j'oserai tout tenter :
A la voix d'un héros, le zele est un délire,
A son aspect tout doit plier.
Dans les assauts, au milieu des batailles,
Que ne puis-je sur ces murailles
Au Pere des Crillons servir de bouclier !
(*L'on entend le bruit de plusieurs soldats qui marchent
à pas redoublés.*)
Mais lui-même en ces lieux s'avance.
Qu'il est digne de notre encens !
Ciel ! répands sur ses jours une douce influence,
Et daigne prolonger ses ans
Pour le soutien des Castillans
Et pour le bonheur de la France !

SCENE II.

LE DUC DE CRILLON, LE MARQUIS DE CRILLON, LE COMTE DE CRILLON, DON FELIX BUCK, LE BARON FALKEMHAYN, Gardes, Soldats François & Espagnols.

(La troupe Espagnole se range en haie à côté droit du Théatre, & les François de l'autre.)

Le Duc de Crillon s'avance au milieu ; le Marquis de Crillon à sa droite, le Comte de Crillon à sa gauche ; don Felix Buck à côté du Comte de Crillon ; le Baron Falkenhayn à côté du Marquis de Crillon ; & les Gardes dans le fond du théatre.

LE DUC DE CRILLON.

(Le bruit du canon doit être un peu plus fort qu'à la premiere scene.)

AMis ! le succès de vos armes
Va triompher sur ces remparts.
O vous ! que la victoire appelle aux champs de Mars ;
Pour qui la gloire a tant de charmes,
Bravez les efforts impuissants
De l'Anglois sommé de se rendre !
Observons tous ses mouvements ;
Si ce fier ennemi persiste à se défendre,
De ces murs escarpés sappons les fondements,
Et réduisons son Fort en cendre.
     (s'adressant aux Espagnols.)
De Charles secondant l'espoir,
L'Espagne attend cette conquête ;
Soyez dignes de recevoir
Les lauriers qu'elle vous apprête,
Et qu'elle doit à la vertu ;
Que pour son Prince magnanime
L'Espagnol ayant combattu
Acquiere toute son estime !
     (s'adressant aux troupes Françoises.)
Et vous, François, dont l'intrépidité
A la valeur fut toujours votre guide,
La gloire de Louis doit être votre égide ;
                  Rehaussez-en

Rehauffez-en l'éclat par votre fermeté.
Quand de deux puiffants Rois j'entreprends la défenfe,
Je dois révérer leurs projets,
L'un & l'autre par fa clémence
Eft adoré de fes fujets :
Toujours fideles à nos maîtres,
Que l'Anglois à nos pieds foumis
Retrouve en nous de puiffants ennemis,
Et la valeur de nos ancêtres.

LE MARQUIS DE CRILLON.

Nous fuivrons leur exemple en marchant fur vos pas ;
Refpectant en vous leur mémoire,
Nous devons partager leur gloire,
Où périr tous par un noble trépas.

LE COMTE DE CRILLON.

A ces tranfports je reconnois mon frère.
Portons ce courage en tous lieux ;
Cette fierté m'éleve autant qu'elle m'eft chere ;
Soyons dignes de nos ayeux.

DON FELIX BUCK.

La valeur d'un Héros infpire le courage ;
Mais quand trois Crillons à la fois
Par leur bravoure ont droit à notre hommage ;
De les imiter tous les trois
Si je puis avoir l'avantage ,
A cet honneur je borne mes exploits.

LE BARON FALKENHAYN.

Contre tant de Héros, tant de parfaits modeles,
L'Anglois fera des efforts fuperflus,
Nous foumettrons un peuple de rebelles :
Si la reconnoiffance eft un devoir de plus ,
Aujourd'hui dans Minorque où tant de vertu brille,
Pour les Lys & pour la Caftille,
Pour vos droits réunis, dans l'efpoir du fuccès,
Je facrifierai ma vie,
Je combattrai fous l'appui des François,
Je les chéris du fein de ma patrie ;
Comme leur chef je ferai leur vengeur :
Ces mortels belliqueux à qui le fort me lie,
Ont acquis des droits fur mon cœur.

LE DUC DE CRILLON.

Soldats, que rien ne vous arrête ;
Imitant ces braves guerriers,

B

Par une nouvelle conquête
Moissonnez de nouveaux lauriers.
Des Anglois par des coups terribles,
Déjà les superbes remparts,
(Par cents bouches d'airain devenant accessibles,
S'écroulant de toutes parts,)
A nos yeux vont tomber en poudre ;
Et lancés dans les airs, mille globes brillants
Brisés en mille éclats plus affreux que la foudre,
Sont pour eux autant de volcans.
Leur bruit au loin se fait entendre ;
Le trouble à l'ennemi peut tout faire entreprendre,
Profitons de tous les instants ;
De sa confusion nous devons tout attendre :
Arborons tous nos étendards,
Partons, & ces fiers léopards
Vont être forcés de se rendre.
(*s'adressant au Baron Falkenhayn.*)
Au poste de Laor vous porterez vos pas,
(*tourné vers le Comte de Crillon.*)
Mon Fils à Mercadal, Buck à Ferrerias ;
J'aurai la tête de l'armée :
(*s'adressant du Marquis de Crillon.*)
(Au Fort votre élite amenée,)
Crillon, à l'ennemi marchez d'un pas égal ;
Soyez prêt au premier signal,
Par une route détournée,
A lui porter le coup fatal
Après l'attaque simulée.
Que par vous l'Anglois terrassé
Soit témoin de votre courage ;
Et pénétrant vers le poste avancé
Vous saisirez tout l'avantage.
Pour nous plus de retranchements :
Nous risquons d'échouer de différer encore ;
Aux assiégés montrons-nous triomphants,
Et que leur Fort soumis, demain avant l'aurore
Soit atteint par mille Assaillants.

(*Le bruit du canon ralenti insensiblement, ne doit plus
se faire entendre.*)

❀

✱✱✱✱✱✱✱✱✱✱✱✱✱✱✱✱✱✱✱✱✱✱✱✱

SCENE III.

Les Acteurs précédents , & un GARDE qui paroît,
s'avance vers M. le Duc de Crillon.

SEigneur, trois femmes éplorées
Viennent de paroître à nos yeux ,
Et par des routes égarées
D'un pas précipité s'avancent vers ces lieux.
Dois-je les présenter ?

LE DUC DE CRILLON.

A l'inſtant , je le veux.

✱✱✱✱✱✱✱✱✱✱✱✱✱✱✱✱✱✱✱✱✱✱✱✱

SCENE IV.

Trois DAMES Angloiſes , en amazones , & les
Acteurs précédents.

Premiere ANGLOISE.

AU bruit de votre clémence ,
Seigneur , quand tout nous accable aujourd'hui ,
Mais que tout rétentit de votre bienfaiſance ,
Nous venons avec confiance
En vos bontés réclamer un appui.

La SECONDE.

La guerre a creuſé des abymes
Dans le Fort Saint-Philippe accablé par vos coups ;
De ce fléau triſtes victimes ,
Notre ſeul recours eſt en vous.

La TROISIEME.

Ah ! Seigneur, ſoyez notre aſyle
Contre les horreurs du trépas ,
Daignez nous ménager du milieu des combats
Une iſſue ſûre & facile !

LE DUC DE CRILLON.

Je bénis le deſtin d'une telle faveur :
A cet honneur on a droit de prétendre ,

B 2

Quand une ame fenfible & tendre.
Eft le partage d'un grand cœur.

LE COMTE DE CRILLON.

A la beauté qui fuit vos traces,
Pour réfifter l'on fait de vains efforts,
Et fi la guerre effarouche les graces,
L'amour en répare les torts.

LE MARQUIS DE CRILLON.

Ce tribut eft acquis aux belles ;
Leur empire fur tous les cœurs
De tous les Chevaliers fideles
Fait autant de Héros vainqueurs.

LE DUC DE CRILLON.

Sexe délicat & timide,
Cet honneur qui fut votre guide,
Vous l'infpirez aux plus braves guerriers :
Cette vertu douce & févere,
Ainfi que la valeur mérite des lauriers :
On peut tout exiger quand on a l'art de plaire.
Je dois accompagner vos pas,
Je veux de ce devoir m'acquitter avec zele.
(*s'adreffant à fes troupes.*)
Et vous invincibles foldats,
Que votre ardeur fe renouvelle !
Ce jour pour vous eft fortuné.
Suivez vos chefs ; & dans l'ordre donné,
A l'envi volez-tous où l'honneur vous appelle.

Le Duc de Crillon s'inclinant vers les trois Dames Angloifes, les accompagne ; tous les Acteurs le fuivent, & les troupes défilent peu à peu.

Fin du premier Acte.

ACTE II.

SCENE PREMIERE.

Le théatre doit repréſenter le Fort Saint-Philippe, &
la Maiſon du Gouverneur où ſe paſſent les quatre
premieres ſcenes.

ADELAIDE, *Françoiſe crue orpheline*, ISABELLE,
ſa confidente.

ADELAIDE.

C'En eſt fait, Iſabelle ! enfin voici le jour
Où les nœuds d'un hymen pour prix de la victoire,
  Tiſſus par les mains de la gloire,
  Vont me forcer à vaincre mon amour.
 Que dis-je, helas ! eſt-il en ma puiſſance,
  Du deſtin malgré les rigueurs,
  De bannir par une inconſtance
  Ce doux ſentiment de nos cœurs ?
  Dans le mien il a pris naiſſance,
Quand le jeune Murray, digne de ſes ayeux,
  (Sortois-je à peine de l'enfance,)
  Triomphant parut à mes yeux,
  La même voix ſe fit entendre
  Au fond de ſon cœur généreux,
  Et par l'amour le plus tendre
Notre union fut l'objet de ſes vœux.
  Sir Draper que l'on me deſtine,
  Ce guerrier noble & vertueux,
  Au ſort douteux d'une orpheline
  Doit-il s'unir pour être heureux ?
  A ce Héros, grand, magnanime,
  Dévouer toute mon eſtime,
Eſt tout ce que je puis, & tout ce que je veux.

ISABELLE.

 Dans votre ame ferme & conſtante,
 Cette vertu qui brille en vous

Retrace l'image vivante
De votre mere : (instant affreux pour nous !)
Elle perdit le jour en vous donnant la vie.
Votre pere alors vous confie
A mes soins empressés : il part l'ame attendrie,
Et s'éloigne en d'autres climats ;
Depuis près de seize ans , une trop longue absence
Sans doute annonce son trépas.
(*appercevant Sir Draper.*)
En ces lieux Sir Draper s'avance.

ADELAIDE.

Il va paroître ! à son aspect
La voix d'un sentiment que je ne puis comprendre,
Dans mon cœur attendri vient de se faire entendre,
Et l'amour fait place au respect.

✳✳✳✳✳✳✳✳✳✳✳✳✳✣✳✳✳✳✳✳✳✳✳✳✳✳

SCENE II.

Sir DRAPER, ADELAIDE, ISABELLE,

Sir DRAPER.

L E guerrier le plus intrépide
De vos appas doit être épris ;
Votre main , belle Adelaîde,
De la victoire est le plus digne prix.
A ce bonheur si j'ai droit de prétendre,
Vous prouvant ma sincerité,
Je serai ma felicité
De vous marquer le penchant le plus tendre.
J'ose aspirer par un second hymen,
Amie tendre & vertueuse,
Au bonheur de vous rendre heureuse,
En formant un nouveau lien.
De mon sort vous serez l'arbitre.
En est-il pour moi de plus doux ?
Si je puis obtenir de vous
Par un hommage vrai, le plus précieux titre,
D'un pere, d'un ami, d'un amant, d'un époux.

ADELAIDE.

Sensible à votre bienfaisance ,
A votre génerosité,
Seigneur , en vous tant de bonté

Excite ma reconnoiſſance,
Et m'en impoſe le devoir ;
Mais ce glorieux hymenée
A dû ſurpaſſer mon eſpoir.
Incertain ſur ma deſtinée,
Devez-vous aſpirer au nom de mon époux ;
Du préjugé, victime infortunée,
Comment m'acquiter envers vous ?

SIR DRAPER.

La naiſſance la plus illuſtre
Fut toujours l'effet du hazard,
Et dégénere tôt ou tard,
Si la vertu ne lui donne du luſtre.
La vôtre brille avec éclat ;
Et quel que ſoit le ſang qui vous donna la vie,
Il eſt ſans doute pur ; mon choix le juſtifie :
Le don de votre main en ce jour de combat
Va triompher. Je vole où la gloire m'appelle ;
Je vous quitte à regret.
(*Il ſort.*)

****

SCENE III.

ADELAIDE, ISABELLE.

ADELAIDE.

EH bien, chere Iſabelle,
Tu vois ſeule mon embarras :
Draper, ce guerrier plein de zele,
Epris de mes ſoibles appas,
Veut notre hymen.
(*Après une petite pauſe, & avec fermeté.*)
Il ne ſe fera pas.
A Murray puis-je être infidelle ?
Non : une atteinte trop cruelle
A mon amant porteroit le trépas.
Son amour eſt trop pur & ma flamme eſt trop belle.

ISABELLE.

Ah ! ranimez votre eſprit abattu,
Vous jouirez du fruit de la perſévérance ;
Une mutuelle conſtance
Doit par l'amour couronner la vertu.

(*Sir Murray neveu, paroît du côté opposé à celui par*
où Sir Drapper est sorti.)
Mais ce jeune Héros s'avance,
Il paroît à mes yeux.

ADELAIDE.

Mon cœur l'a prévenu.

❀❀❀❀❀❀❀❀❀❀❀❀❀❀❀❀❀❀❀❀❀❀❀❀❀

SCENE IV.

Sir MURRAY neveu , ADELAIDE , ISABELLE.

Sir MURRAY.

DIgne objet de ma vive flamme,
Adélaïde ! enfin je vous revois ;
Vous avez gravé dans mon ame,
Soumise à vos douces loix,
Les traits de l'amour le plus tendre.
Ce cœur que vous sçutes charmer
Sous votre empire a dû se rendre,
Vos yeux viennent de l'animer,
Quand votre voix s'est faite entendre
En vain voudroit-on se défendre,
Pourroit-on ne pas vous aimer ?
Cette vertu touchante & pure,
(Présent de la Divinité,)
Fait admirer en vous les dons de la nature,
Et fait gloire à l'humanité.
Puis-je exprimer combien vous m'êtes chere !
De mes exploits vous prolongez le cours,
Cette candeur que je révere
M'attache à vous & me rendra toujours
Occupé du soin de vous plaire.

ADELAIDE.

La valeur dans mon ame imprime avec ardeur
Votre image que rien n'efface,
Quand de vos exploits tout retrace
Le souvenir cher à mon cœur.
Votre gloire fut votre ouvrage
Et ranima mon esprit abattu :
Tel est l'ascendant du courage
Et le pouvoir de la vertu.
De mes parents depuis long-temps privée.

Si près de vous je goûte le bonheur ;
Par un charme toujours vainqueur,
A votre fort je me vois attachée.
De ma félicité vous fixerez le cours ;
Vous réglerez ma destinée :
Un doux penchant doit me rendre toujours
Malheureuse sans vous , avec vous fortunée.

SIR MURRAY.

Votre destin est pour moi précieux ;
En combattant pour une amante ,
La gloire en sera plus brillante ,
Le triomphe plus glorieux !
Il n'est plus de périls que ma crainte redoute,
Ah ! de mille héros qui s'offrent tour à tour,
Aucun n'égalera sans doute
Mon courage ni mon amour.
Et cette flatteuse espérance
Qui doit ranimer un vainqueur ,
Votre main , qu'à Draper, pour prix de sa vaillance
Murray promet , en alarmant mon cœur ,
Ne peut ébranler ma constance.

ADELAIDE.

Imitant votre fermeté ,
Elle sera désormais mon modele.
Amis vertueux & fidele ,
(Sensible à tant de générosité ,)
Soit que le destin vous prépare
Aujourd'hui des triomphes nouveaux ,
Ou de cette faveur , qu'il soit pour vous avare ;
Vous prive de cueillir le fruit de vos travaux ,
Toujours chéri , toujours digne d'envie ,
Le don de votre cœur dans mon ame attendrie
N'a point à craindre de rivaux.

SIR MURRAY.

Sous l'appui de votre tendresse ,
Vous avez daigné m'éclairer
Par le flambeau de la sagesse.
Sur vos pas puis-je m'égarer ?
(*Ici on entend le bruit de plusieurs personnes qui marchent*
précipitamment.)
Dans ces lieux Murray va paroître
A la tête de ses soldats ,
Digne du sang qui l'a fait naître ,

C

Ce guerrier porte ici ses pas.
Agréez...
(*Sir Murray veut accompagner Adélaïde sur le point de s'é-
loigner , mais elle s'y oppose modestement.*)

ADELAIDE.

Il suffit : je serois trop comptable
Des moments les plus chers : secondez mon espoir,
Soyez toujours recommandable
En suivant les loix du devoir.

(*Adélaïde s'éloigne , Isabelle la suit , & Sir Murray s'arrête près de la coulisse par où elles viennent de sortir.*)

*Ici on entend battre la générale pendant quelques minutes.
Dans l'intervalle la toile se baisse,& se releve bientôt après.
Le théatre doit représenter la place d'armes du Fort St. Philippe ; plusieurs soldats Anglois s'avancent à pas redoublés ;
ils se rangent sur deux lignes divisés sur les deux côtés du
théatre , & s'arrêtent en voyant paroître leurs Chefs.*

✤✤✤✤✤✤✤✤✤✤✤✤✤✤✤✤✤✤✤✤✤

SCENE V.

Lord MURRAY , *Commandant du Fort St. Philippe ,
s'avance au milieu du théatre ;* Sir MURRAY *son neveu
à sa gauche.* Sir DRAPER *à sa droite. Plusieurs gardes
dans le fonds du théatre.*

LORD MURRAY.

JE lis dans le fond de votre ame ,
Anglois, vous brûlez tous de la plus noble ardeur ;
Si de deux alliés nous bravons la fureur,
De leurs projets brisons la trame :
Courons aux ennemis ; que le fer & la flamme
Dans leur camp portent la terreur.
Par une victoire authentique,
Que tout succombe à nos exploits divers :
Reprenons l'empire des mers
En exerçant une loi despotique,
Pour étonner tout l'univers,
Et pour la gloire Britannique.
Contre deux ennemis puissants
Attendez tout du succès de vos armes ;
Dans les combats , plus les périls sont grands,
Plus la gloire en aura de charmes.

Que nos superbes boulevards
Ne soient plus pour nous un asyle ;
Briguons au-delà des remparts
Une conquête moins facile,
Mais plus honorable au vainqueur :
En vain des bords de la Tamise
Notre patrie a dû par un espoir flatteur
Nous prêter du secours dans ces moments de crise ;
Un vent contraire opposant sa rigueur,
A sans doute arrêté ses vaisseaux dans leur course ;
Trouvons notre unique ressource
Dans l'intrépidité du cœur.
Animés du même courage,
Chefs & soldats, frayez-vous un accès
Au camp des ennemis, détruisez leur ouvrage,
Que par vous ils soient repoussés.
Minorque n'est plus l'apanage
Des Castillans ; malgré les efforts des François,
Volez aux plus brillants succès,
La victoire est votre partage.

Sir MURRAY.

Sous vos coups l'ennemi ne doit plus résister :
Vos exploits sont gravés au temple de mémoire ;
Dans le sentier qui conduit à la gloire,
Je brûle de vous suivre & de vous imiter.

Sir DRAPER.

Seigneur, il n'est point de conquête
Incertaine sous vos lauriers,
Une sécurité parfaite
De nos soldats fait autant de guerriers.
Vous inspirez la vertu, le courage,
Et par votre héroïsme & par votre bonté ;
A votre grandeur d'ame, à votre fermeté,
Tout est forcé de rendre hommage :
Et mon devoir...

Lord MURRAY.

Cessez : votre zele est connu,
(Eclairé dans l'art de la guerre,)
Votre bras appuyant les droits de l'Angleterre,
A de nouveaux combats doit être prévenu.
Employez une juste défense,
Soit dans nos murs, soit au déhors,
Contre la Castille & la France ;

C 2

La prise du Fort St. Philippe,
Et la victoire à travers mille morts,
Vers nous, malgré tous leurs efforts,
Va faire pencher la balance.

Lord Murray, Sir Murray, & Sir Draper se retirent, & les troupes Angloises défilent peu à peu.

Fin du second Acte.

ACTE III.

SCENE PREMIERE.

Le théatre représente l'intérieur du Fort St. Philippe ; on voit de tous côtés les ruines de plusieurs maisons écroulées.

Sir DRAPER, *seul.*

Dans ce Fort quel spectacle affreux
De toutes parts à mes yeux se présente !
Les dangers les plus périlleux,
Sans ébranler mon ame intrépide & constante,
Ont étonné ma fermeté.
A l'ennemi dois-je me rendre ?
Ou, dans cette perplexité,
Quel autre parti dois-je prendre ?
(*Après une petite pause.*)
Suivons les devoirs de l'honneur,
En cédant à la politique ;
Des ministres Anglois une loi tyrannique
Est toujours exercée avec trop de rigueur.
Chez eux *ne pas vaincre* est un crime,
C'est en vain qu'on a combattu ;
Un guerrier malheureux perd toute leur estime,
La plus héroïque vertu
De leur orgueil est souvent la victime ;
La fausse gloire y dicte les arrêts.

Par une sage prévoyance,
Loin de former de vains projets,
Affectons de la déférence :
Consultant mieux mes intérêts,
Laissons à Murray la défense
De ce Fort, dont l'échec peut être dangereux ;
Et sans briguer l'indépendance,
Contre mes droits, qu'il commande en ces lieux.
Trop flatté par cette amorce,

(Sous un destin plus rigoureux,)
Qu'il se rende seul à la force.
(*Voyant paroître Lord Murray.*)
Dissimulons : il paroît à mes yeux.

✻✻✻✻✻✻✻✻✻✻✻✻✻✻✻✻✻✻✻✻✻✻✻✻

SCENE II.

Lord MURRAY, Sir MURRAY, Sir DRAPER.

Lord MURRAY , *s'adressant à Sir Draper.*

SEigneur, dans ce péril extrême
Tous nos chefs sont dispersés,
Tout frémit, & cette nuit même
Du plus terrible assaut nous sommes menacés.
Ma voix n'a plus de force, & le soldat murmure ;
Dans cette triste région,
Trop affoibli par la contagion,
A ses sermens l'Anglois devient parjure.
A vos sages conseils je dois avoir recours :
Pouvons-nous encor nous défendre ?

Sir DRAPER.

Nous attendons en vain d'inutiles secours.
A de nouveaux succès j'aurois droit de prétendre,
Si le destin n'en arrêtoit le cours ;
En bornant vos exploits il nous force à nous rendre.

Lord MURRAY.

A m'y résoudre , hélas ! j'ai long-temps hésité
Par une vive résistance ,
Une intrépide fermeté ;
Mais une plus longue constance
Changeroit par une imprudence
La bravoure en témérité.

Sir MURRAY.

A vos loix je dois condescendre ;
Mais pour la gloire , & l'éclat de mon rang,
Si ma patrie exige tout mon sang ,
Je suis jaloux de le répandre.

Lord MURRAY.

Jeune guerrier, il n'est plus temps ;
Si la gloire nous est cruelle,

Du bel âge, encore au printemps ;
Sans doute vous pourrez signaler votre zele
Dans des moments plus fortunés ;
Mais dans celui-ci trop funeste,
A nos ennemis étonnés ,
Capitulons : ce seul espoir nous reste ;
Quoiqu'à nos cœurs il soit trop onéreux,
En accédant à ma priere ,
Le chef des assiégeans sensible & généreux ,
Nous accordera, je l'espere ,
Des articles moins rigoureux.

Les trois Acteurs ci-dessus se retirent , & la toile se baisse.

✸✸✸✸✸✸✸✸✸✸✸✸✸✸✸✸✸✸✸✸✸✸

SCENE III.

(On entend battre la caisse par des coups de baguette distincts & précipités ; le son du cors doit aussi se faire entendre pendant quelque temps. Dans cet inter-valle la toile se leve , & on voit défiler les Espa-gnols & les François qui se rangent sur deux ailes.)

Le théatre doit représenter les murs du Fort St. Philippe dans la proximité.

LE DUC DE CRILLON, LE MARQUIS DE CRILLON.

LE DUC DE CRILLON.

EH bien, mon fils, quelle est l'issue
De mes ordres ? quel est le succès des soldats ?

LE MARQUIS DE CRILLON.

Des Anglois ma troupe apperçue
Déjà se préparoit à de nouveaux combats ,
Quand près de nous une garde avancée
Se présente , & par un signal
Que porte une main désarmée ,
Demande notre Général :
Un étendard parlementaire
A l'instant paroît dans le Fort.
A cet heureux préliminaire
J'ai fait suspendre d'abord
Le feu de notre batterie ;

Après quelques momens, un colonel Anglois
S'écrie à haute voix : Espagnols & François ,
>> (Je parle au nom de ma patrie ,)
>> Sous le poids de votre valeur ,
>> (Ayant cessé de se défendre ,)
>> Elle reconnoit pour vainqueur
>> Votre chef, & je suis porteur
>> D'un paquet que je dois lui rendre. >>
Il dit : & Don Alos soudain amene ici
   Ce guerrier zélé pour son maître ;
   A vos yeux il va donc paroître
   Sous son escorte... Le voici.
Le Duc de Crillon fait signe à ses troupes de s'éloigner ;
   ce qui s'effectue peu à peu.

✠✠✠✠✠✠✠✠✠✠✠✠✠✠✠✠✠✠✠✠✠✠✠✠✠✠✠✠✠✠✠✠✠

SCENE IV.

UN COLONEL ANGLOIS , *accompagné de Don Alos ,*
   Colonel Espagnol , & de trois Dragons ; LE DUC DE
   CRILLON , LE MARQUIS DE CRILLON.

LE COLONEL ANGLOIS , *après que les troupes ont*
   défilé , s'adressant au Duc de Crillon.

VOUS triomphez , Seigneur , & votre gloire ,
   Le fruit de vos dignes travaux ,
   Eternisera la mémoire
De votre nom par des exploits nouveaux ;
   Déjà célebre dans l'histoire ,
   Il est l'effroi de vos rivaux :
   Le Fort Saint-Philippe l'atteste ,
Et soumis à vos loix arbore vos drapeaux :
   Votre victoire est manifeste ;
Murray vaincu vous est trop inégal,
   La lettre de ce Général
   Pourra vous informer du reste.
   (*Il lui présente le paquet de Murray.*)
   LE DUC DE CRILLON , *recevant le paquet.*

Quand le destin est propice à mes vœux ,
   De Murray la vertu sublime
   Doit porter un cœur magnanime
A se montrer toujours sensible & vertueux,
Je veux être jaloux d'acquérir votre estime ,

Et

Et je dois être généreux ,
En réparant le fort qui vous opprime.

Sans compromettre mon devoir ,
Ni les décrets du Roi mon maître ,
De votre Général répondant à la lettre ,
Il verra si je puis seconder son espoir,
Et qu'il sera traité peut-être
Plus favorablement qu'il ne peut le prévoir.
Je vais le prévenir. Seigneur, daignez me suivre.
(*Et s'adressant au Marquis de Crillon.*)
Mon fils, accompagnez mes pas.

Le Duc de Crillon & le Marquis de Crillon sortent ; le
Colonel Anglois les suit avec son escorte.

SCENE V.

(*Le théâtre ne change point de décoration.*)

ADELAIDE , ISABELLE ,
Venant du côté opposé à celui par où les Acteurs précé-
dents sont sortis.

ADELAIDE.

QUels doux transports où mon ame se livre !
Chere Isabelle ! enfin l'on fait treve aux combats ;
Dans mon cœur alarmé l'espoir qui va revivre ,
N'a plus pour mon amant à craindre le trépas.
Les destins rigoureux cessent de nous poursuivre ,
Notre sort n'est plus incertain ,
Un jour plus pur & sans nuage
Brille à nos yeux sous un ciel plus serein,
Le calme succede à l'orage.

ISABELLE.

Puisse triompher votre amour !
Le bonheur de l'un & de l'autre
Doit être fixé dans ce jour ,
La gloire de Murray va devenir la vôtre ;
Mais son éminente vertu
Par la conquête difficile ,
A rendu malgré lui son courage inutile ,
Sans-succès il a combattu.

D

Pardonnez à ma juste crainte :
Ce héros délicat...

ADELAIDE.

Jamais la moindre plainte
Ne murmure au fond de son cœur :
Un faux éclat ne fait pas la valeur ,
Et jamais la sienne restreinte
Ne rougit auprès d'un vainqueur.
Crillon , ce héros formidable ,
A Murray sera favorable ,
Il connoît les loix de l'honneur.
(*On entend une marche guerriere.*)
Soudain quel bruit se fait entendre !
Le Chef des assiégeans s'avance vers ces lieux !
A notre hommage il a droit de prétendre.
Ce guerrier paroît à mes yeux.

❖❖❖❖❖❖❖❖❖❖❖ ❖❖ ❖ ❖❖❖❖❖❖❖❖❖❖

SCENE VI.

Le Duc de CRILLON, Le Marquis de CRILLON, Le Comte de CRILLON, Don FELIX BUCK, & Le Baron FALKENHAYN, Soldats , *François & Espagnols.*

(*Même décoration qu'à la scene précédente.*)

Les troupes se rangent sur deux lignes aux deux côtés du théâtre, & dans le même instant, de la porte du Fort St. Philippe qui doit paroître au milieu , on jette un pont-levis qui traverse un grand fossé & communique au théâtre.

(*La symphonie cesse.*)

Le Duc de CRILLON , *s'adressant à ses troupes.*

Dans un jour digne de mémoire ,
Où l'honneur est le prix de votre fermeté ,
A conquérir les cœurs je mets toute ma gloire ,
En employant la force & l'intrépidité ,
C'est pour vous voir jouir du fruit de la victoire ,
(*tourné vers Adélaïde.*)
Et pour protéger la beauté :

Un sordide intérêt ne doit point vous séduire ,
Soldats , conduisez-vous avec humanité ,
    Et que la bonté vous inspire ;
  Traiter nos prisonniers avec aménité ,
    Est l'unique bien où j'aspire.
    A de dures conditions
    J'eus sans doute pu les soumettre.
  L'Europe entiere a sur nos actions
    Un œil attentif ; & peut-être
Daignera-t-elle à côté des Crillons
Placer mon nom au rang de mes ancêtres.
    Pour moi cet espoir est flatteur ;
Et quand deux puissants Rois raniment notre ardeur ,
   Montrons-nous dignes de nos maîtres !
(*S'adressant au Marquis de Crillon, à Don Felix Buck,*
    & au Baron Falkenhayn.)
Crillon , Buck , Falkenhain , suivez-moi dans le Fort ;
   Ma réponse a du satisfaire
Murray : sans trop fléchir , j'ai sçu l'art de lui plaire ;
   Ce chef se rend à notre accord.
(*S'adressant au Comte de Crillon , & lui désignant*
    Adélaïde.)
Vous, mon fils, protégez la vertu respectable,
Je vous laisse en ces lieux...

*On voit sur le Donjon du Fort St. Philippe flotter le
pavillon Espagnol.*

*Les troupes Espagnoles & Françoises s'avancent un
peu plus , & bordent l'entrée du Fort formées sur deux
chefs-de-file.*

*Le Duc de Crillon monte au Fort , suivi du Marquis
de Crillon , de Don Felix Buck , & du Baron Falkenhayn.*

❖❖❖❖❖❖❖❖❖❖❖❖❖❖❖❖❖❖❖❖❖❖❖

SCENE VII.

Le Comte de CRILLON , ADELAIDE , ISABELLE,

Le Comte de CRILLON.

Faveur inestimable !
  En m'acquittant de ce devoir
  Il devient inappréciable,
Et mon respect...

ADELAIDE.

.....Seconde mon espoir !
Agréez ma reconnoissance,
Seigneur : à cet excès de générosité,
Votre grandeur d'ame a flatté
Mon bonheur par votre clémence.

ISABELLE.

Quand le sentiment le plus pur
Rend notre ame ferme & tranquille ;
Ah ! qu'il est doux de trouver un asyle
Sous les auspices du vainqueur !

LE COMTE DE CRILLON, *s'adressant à Adélaïde;*

Si dans le succès de la guerre
Le triomphe doit réjaillir
Sur la beauté qui doit nous être chere,
Vous seule pouvez l'embellir.
Ennemi de votre patrie, (*)
Mais l'ami de l'humanité,
L'éclat de ma prospérité
Ne flatte aujourd'hui mon envie
Que pour fixer votre félicité.
Une tranquillité paisible
Que désormais vous devez espérer,
Est le seul bien auquel ose aspirer
Un cœur généreux & sensible.

ADELAIDE.

La gloire a fait un digne choix ;
A la votre tout rend justice !
Elle nous est toujours propice
Quand la vertu dicte les loix.
De vos ayeux tableau fidele,
D'un sang pur digne rejeton,
Illustre & généreux Crillon,
De vos neveux vous serez le modele.
(*voyant paroître le Duc de Crillon.*)
Le vainqueur de Minorque à nos yeux va s'offrir....;

——————————————————————————

(*) Il est censé que le Comte de Crillon croit parler à une Angloise.

✱✱✱✱✱✱✱✱✱✱✱✱✱✱✱✱✱✱✱✱✱✱✱✱✱✱✱✱

SCENE VIII.

Le Duc de CRILLON , Le Général MURRAY ,
Le Baron FALKENHAYN , Le Marquis de
CRILLON , Le Comte de CRILLON , Don
FELIX BUCK , Sir DRAPER, Sir MURRAY,
ADELAIDE, ISABELLE.

(*On entend une symphonie militaire.*)

*Le Duc de Crillon sortant du Fort St. Philippe suivi
d'un nombreux cortege Espagnol & François, accompagne
le Général Murray , marchant entre lui & le Baron de
Falkenhain.*

(*Les troupes qui bordent la haie présentent les armes.*)

*Le Duc de Crillon s'avance vers le milieu du théâtre ;
le Général Murray à sa droite , le Marquis de Crillon
à sa gauche ; le Baron Falkenhain à côté du Général
Murray ; le Comte de Crillon à côté du Baron Falkenhain ;
Don Felix Buck à côté du Marquis de Crillon ; Sir
Draper , & Sir Murray neveu , opposés l'un à l'autre
aux deux côtés du théâtre ; Adelaïde à côté de Sir
Murray ; Isabelle à côté d'Adélaïde.*

(*La symphonie cesse.*)

Le Duc de CRILLON , *s'adressant au Général Murray.*

Votre héroïque résistance ,
(Quand le sort m'a fait conquérir ,)
Doit exalter votre ferme constance.
Après une noble défense ,
Un guerrier tel que vous n'eut jamais à rougir ;
Dans le triomphe ou la défaite ,
Vous courez dans le champ d'honneur,
Dans l'attaque ou dans la retraite,
Tout signale votre valeur;
Si ma confiance parfaite
M'acquiert des droits sur votre cœur,
Ma victoire sera complete.

Le Général MURRAY.

Quand ce Fort eft foumis à votre bras vainqueur,
　　Ma gloire n'eft point alarmée,
L'Europe entiere en vain vous exalte, Seigneur,
　　Vous furpaffez la renommée :
　　Mille vertus brillent en vous,
　　De vos bontés mon ame eft pénétrée,
　　Et quand tout fléchit fous vos coups,
　　Je dois bénir ma deftinée.
　(Il préfente fon épée au Duc de Crillon.)
　　Ce fer long-temps victorieux
Vous eft acquis, & l'Anglois en ces lieux
　　Contre vous n'a pu fe défendre.

Le Duc de CRILLON *reçoit l'épée, & la lui*
préfente de nouveau.

　　Je l'accepte pour vous le rendre,
　　La gloire & l'effroi des humains !
　Que cette épée à Murray foit remife,
　　Elle eft refpectable en fes mains ;
Je remplis ce devoir, & mon cœur l'autorife.

Le Général MURRAY.

　　Sur le mien le vôtre a des droits
　　Que je refpecte & je révere,
　De la vertu le facré caractere
　Eft empreint dans tous vos exploits.

Le Duc de CRILLON.

　Vous m'honorez, Seigneur, & ma conquête
　Comblant mes vœux furpaffe mes projets ;
　　Mon ambition fatisfaite
　　A pour moi de nouveaux attraits.
　　(voyant paroître un foldat Anglois.)
Mais que veut ce foldat, qui vers ces lieux s'avance ?

✳✳✳✳✳✳✳✳✳✳✳✳ ✳✳✳✳✳✳✳✳✳✳✳✳

SCÈNE IX, & DERNIERE.

UN BAS-OFFICIER ANGLOIS, & les Acteurs
précédents.

L'OFFICIER ANGLOIS, *s'adressant au Duc
de Crillon.*

Seigneur, vos ordres sont donnés ;
Du Fort mis en votre puissance,
Les Chefs & soldats consternés
Evacuent en diligence.
(*lui présentant un bracelet où est un portrait enrichi de
diamants.*
Dans les mains de l'un de ceux-ci
J'ai vu briller ces pierreries.
J'ai dû les prendre ; les voici,
Elles doivent être chéries
De celle qui sans doute a perdu ce portrait :
Mon devoir est de vous le rendre,
Je viens pour le remplir & je suis satisfait.

LE DUC DE CRILLON, *s'adressant à Sir
Draper.*

Sir Draper, vous pouvez le prendre,
Et récompenser ce Soldat.
(*Sir Draper reçoit le bracelet, & l'Officier se retire.*)

ADELAIDE, *bas à Isabelle.*

(*avec une satisfaction concentrée.*)
Ce gage précieux d'une mere chérie
Est enfin retrouvé !

SIR DRAPER, *examinant le portrait avec atention.*

Quel est donc cet eclat
Qui brillant à mes yeux rend mon ame attendrie !
De mes sens interdits, quels mouvements secrets
En moi soudain viennent de naître !
(*avec exclamation modérée.*)
Chere épouse ! à ces nobles traits
Mon cœur ne peut vous méconnoître !
(*Il baise le portrait avec émotion, & s'adressant au
Duc de Crillon.*)

Loin de condamner mes tranfports,
D'aignez, Seigneur !...

ISABELLE, *s'adreffant à Adelaïde.*

Ceffez de vous contraindre,
Adelaïde ! helas ! de vains efforts
Tourneroient contre nous : il n'eft plus temps de feindre.
(*s'adreffant a Sir Draper.*)
Seigneur ! cet écrain qu'en vos mains
Dans l'inftant on vient de remettre,
Eut été réfervé peut-être
A de plus propices deftins.
De la mere d'Adelaïde,
Qui perdit fes jours dans mes bras,
C'eft le portrait ; mais la parque perfide,
De la plus tendre mere a caufé le trépas.

SIR DRAPER, *marquant le plus grand étonnement,*
& une jois mêlée de crainte & d'incertitude.

Dans quel temps ! en quel lieu fa trifte deftinée
De fes malheurs finît le cours ?
Adelaïde eft-elle née
Loin d'un pere ? & pourquoi n'eutes-vous pas recours
A l'auteur de fon exiftence ?

Pendant les demandes & réponfes de Sir Draper &
d'Ifabelle, Adelaïde paroît éprouver la plus grande
émotion par degrés, & effuie quelques larmes.
(*Tous les Acteurs doivent paroître attendris, & dans*
la plus grande attention.)

ISABELLE.

Envain avons-nous dû réclamer fon fecours.
D'Adélaïde la naiffance
De la plus digne mere ayant fini les jours,
(Nous étions alors en France,)
Son pere dans l'inftant s'éloigna pour toujours ;
Depuis feize ans nous pleurons fon abfence.
(*après une petite paufe.*)
Se fignalant par des exploits nouveaux,
On dit que dans le nouveau monde
Ce guerrier a cueilli le fruit de fes travaux,
Trop foible efpoir où notre ame fe fonde !
Ce trifte éloignement met le comble à nos maux.
(Fille d'un pere Anglois, au fein d'une Françoife,
Adélaïde ayant reçu le jour,)
Parcourant chaque place Angloife,
J'accompagnai

J'accompagnai ſes pas dans ce triſte ſéjour ;
Mais inutilement : il n'eſt plus d'eſpérance !

SIR DRAPER, *ne pouvant cacher ſon trouble.*

Quel mélange inouï ! par quels rapports touchants
  Nous prouves-tu ton inconſtance !
Sort cruel ! tu cauſas auſſi tous mes tourments !
  Iſabelle, par complaiſance,
  D'un doute obſcur éclairciſſez le ſens,
  Et rendez-vous à mon impatience.
D'Adélaïde, helas ! quels furent les parens ?
Leur nom vous eſt connu.

ISABELLE.

    Ma voix va vous l'apprendre.
  La plus jeune de ſix enfans,
  Henriette avoit un cœur tendre,
Fille de Dubelloy : celui-ci prit pour gendre
De Tewlac.
(à ce nom, *Sir Draper fait un mouvement de la plus grande
    ſurpriſe.*)
   (Mais peut-être eſt-il connu de vous.)
A Rheims, dans Saint-Jérôme (*) il devint ſon époux ;
  Adélaïde, au terme d'une année,
  Fut le fruit de leur hymenée.

SIR DRAPER.

Il eſt donc éclairci cet important ſecret !
  Je retrouve ici ma famille.
Je ſuis ce cher Tewlac ! embraſſez-moi ma fille !
(*Adélaïde ſe jette à ſes genoux, & ſon pere la releve.*)

ADELAIDE, *vivement.*

Quel plaiſir vif & pur dans mon cœur ſatisfait
  Je goûte dans le bras d'un pere !
  Adelaïde vous eſt chere,
Le cri de la nature imprime le reſpect
Dans mon ame, & mon ſort n'eſt plus une chimere.

LE DUC DE CRILLON.

  Votre bonheur que je dois partager,
  Ajoute un prix à ma conquête.

SIR MURRAY.

  (*s'adreſſant au Duc de Crillon.*)
Daignez, Seigneur, me protéger :

(*) Saint-Jérôme eſt un Bourg près de Rheims.

E

Par les nœuds d'un hymen couronnez cette fête !
    (*& s'adressant à Sir Draper.*)
Et vous qui déformais pouvez fixer mes vœux,
    Digne Héros que je révère,
La main d'Adélaïde est un don précieux
    Que je réclame , & que de vous j'espere.
Secondez mon espoir.....

Sir DRAPER.

        .....Je serai trop heureux ,
Dans un rival , si vous trouvez un pere.

ADELAIDE.

Vous reconnoitrez tous les deux
Combien cette faveur m'est chere.

Le Général MURRAY.

Cet hymen glorieux fait mon ambition ,
    Il est flatteur & m'intéresse.
    Que la plus parfaite union
Soit le sceau de votre tendresse !

Le Marquis de CRILLON.

Le triomphe de votre cœur
A des droits à notre suffrage.

Le Comte de CRILLON.

Le plus heureux succès doit en être le gage,
Et la félicité le prix de votre ardeur.

Le Duc de CRILLON,
    s'adressant à ses troupes.
    O vous ! qu'un même desir presse,
Dans cette double fête , exaltez tour à tour
    Votre victoire & leur amour,
    Et célébrez cet heureux jour
    Par la plus brillante alégresse !
(*& s'adressant à Sir Murray & à Adélaïde.*)
    Du couple le plus fortuné,
    Jouissez de tout l'avantage,
    De l'honneur il est émané ,
Et la vertu couronne son ouvrage.

FIN.

On doit exécuter la même marche qui est au premier Acte dans l'Opéra de la Belle Arsene, au bruit du Cors & des Cymbales ; après quoi, & quand la Symphonie a cessé, les troupes Angloises descendent du Fort, ayant à leur tête le Colonel Anglois qui a déjà paru, & qui étoit porteur de la lettre du Général Murray au Duc de Crillon. Les Acteurs doivent s'éloigner, & se placer sur les deux côtés du Théatre.

Les troupes Angloises portant leurs armes renversées défilent au milieu des François & des Espagnols rangés sur deux lignes, & après avoir posé leurs armes au bout du Théatre à un pieu qui y sera placé à cet effet, s'arrêtent vis-à-vis le Duc de Crillon, & se divisent en deux lignes, tournées l'une par un tour à droite, & l'autre par un tour à gauche, en défilant chacune vers les deux issues opposées dans le fond du Théatre.

Après que les Anglois ont disparu, tous les Acteurs saluent & se retirent ; le Duc de Crillon marchant à côté du Général Murray, Adelaïde entre son pere & Sir Murray qui lui donnent la main.

Après quoi on doit exécuter un Ballet analogue à la Piece.

Le Ballet fini, plusieurs Officiers & Soldats Espagnols & François, sans armes, se présentent, & chantent les Couplets ci-après, avec les Chœurs, symphonie, & accompagnemens.

AIR, dans l'Opéra de la Belle Arsene : La beauté fait toujours.

UN FRANÇOIS.

LA valeur a frayé le chemin de la gloire ;
 Quand de Crillon le bras victorieux,
 Par ses exploits triomphant en tous lieux,
Pour jamais à son char enchaîna la victoire.   *bis.*

 Toujours puissant, toujours vainqueur,
 Sa vertu fut l'appui de son courage ;
De l'Anglois effrayé la chûte est son ouvrage,
 Et moins altier, frémit d'horreur :

A son aspect saisi d'alarmes,
Murray vaincu met bas les armes,
Et l'Espagnol & le François   } *bis.*
A Crillon en doit le succès.   }

La valeur, &c.

UN ESPAGNOL.

Le monde entier parle de lui,
Il applaudit à son mâle courage ;
Et nos derniers neveux transmettront d'âge en âge
Ce que nous chantons aujourd'hui.
Crillon ! que ta gloire a de charmes !
L'Anglois seul répandant des larmes,
Se voit forcé de l'attester,
Et malgré lui de répéter :

La valeur, &c.

UN FRANÇOIS.

D'Avignon, heureux Citoyens, (*)
De mes accens agréez cet hommage !
D'un patriote vrai, qu'il soit pour vous le gage !
Pour moi, c'est le plus grand des biens.
Qu'il est flatteur, dans votre enceinte,
De chanter en paix & sans crainte
Un Héros qu'on doit exalter,
Sans cesse dire & répéter !

La valeur, &c.

(*) La piece a été composée par un Etranger à Avignon, dont Mgr. le Duc de Crillon est natif.

www.ingramcontent.com/pod-product-compliance
Lightning Source LLC
Chambersburg PA
CBHW060844180626
46818CB00004B/1580